I0686425

Couvertures supérieure et inférieure
en couleur

COUVERTURES SUPERIEURE ET INFERIEURE D'IMPRIMEUR

8º Y²
17507

340

GEORGES LE DISTRAIT

—

5° SÉRIE IN-18

380
9

8•Y-2
17507

GEORGES
LE DISTRAIT

—

55 GRAVURES

PAR

BERTALL

—

LIMOGES

EUGÈNE ARDANT ET Cⁱᵉ.

ÉDITEURS

LE DISTRAIT

Être *distrait*, c'est, par préoccupation d'esprit, ne pas apporter l'attention nécessaire aux choses auxquelles il faudrait en apporter.

La *distraction* peut être excusable chez un homme absorbé par l'étude assidue ou les graves préoccupations que lui impose le devoir professionnel.

On a ri bien souvent des bévues anodines des savants.

Mais on déplore aussi les lamentables et trop fréquentes catastrophes occasionnées par la distraction : deux trains de chemin de fer qui se broient l'un contre l'autre, parce que le signal n'a pas été donné ; un incendie, une explosion qui se produisent par suite d'une négligence, d'un oubli de quelque esprit distrait.

Chez l'enfant, dont le premier des devoirs est d'être docile à ses parents, attentif à l'enseignement de ses maîtres, la distraction est toujours un grave défaut.

Corrigez-vous de ce défaut, enfants, parce que, comme Georges dont vous allez voir les dramatiques aventures, le distrait fait rire à ses dépens, et occasionne à ceux qui l'entourent force désagréments, sans parler de son commerce peu agréable; parce que aussi il est la première victime des accidents plus ou moins graves causés par son inattention, mais dont malheureusement il n'est pas toujours la seule victime. Quel éternel remords, si sa distraction a brisé quelque existence!

Regnard, un grand poëte comique, a peint en quelques vers les ridicules du distrait :

Il vous dit non pour oui; oui pour non; il appelle
Une femme monsieur, et moi mademoiselle;
Prend souvent l'un pour l'autre, et va sans savoir où:
On dit qu'il est distrait, moi je le prends pour fou.

C'est aussi un distrait que *l'Astrologue qui se laisse tomber dans un puits*, pour avoir négligé la précaution élémentaire de regarder où il posait le pied. La Fontaine lui a dit durement son fait :

Un astrologue un jour se laissa choir
Au fond d'un puits. On lui dit : Pauvre bête,
Tandis qu'à peine à tes pieds tu peux voir,
Penses-tu lire au-dessus de ta tête?

LIMOGES. — Imp. E. Ardant et Cᵃ.

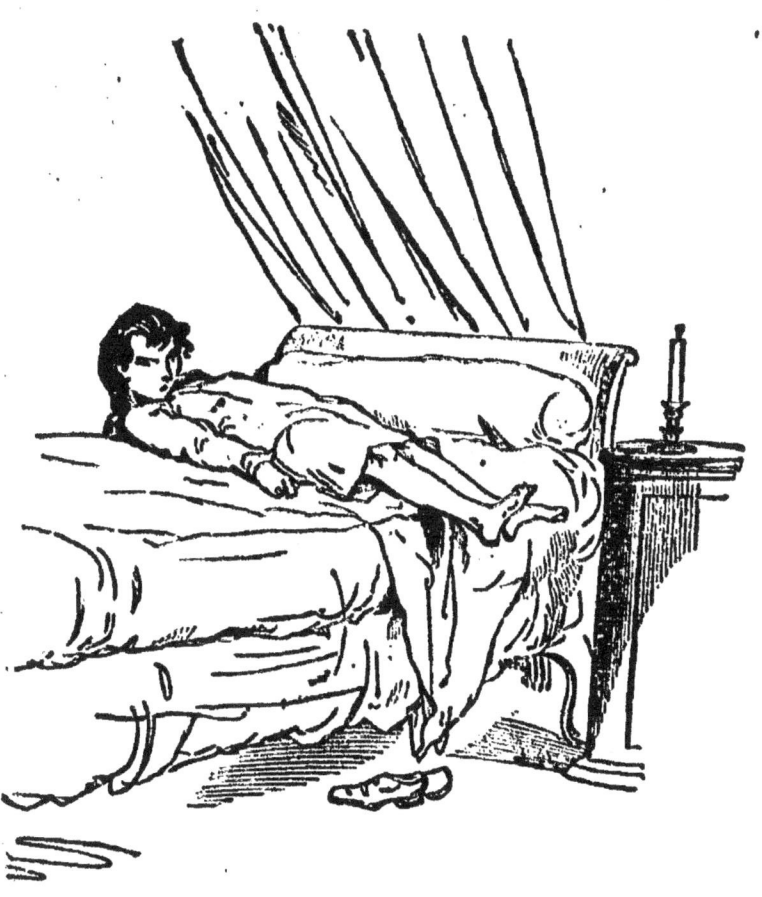

Par distraction, Georges s'est
couché en travers de son lit, au lieu
de se coucher en long.

Aussi, quand sa bonne vient le
réveiller, il lui déclare que son lit
devient trop court et qu'il faut le
rallonger.

Marguerite rit de bon cœur et
lui apporte ses vêtements, en lui
disant de s'habiller bien vite.

Georges saute en bas du lit et prend
sa veste pour son pantalon.

Il faut qu'il ait bien grandi
depuis la veille : son pantalon
devient trop court.

Il veut faire sa toilette; mais il
est toujours distrait.

Il s'étonne
que ses souliers soient
si humides.

Sa veste lui semble bien
extraordinaire; mais son papa
l'appelle, il court bien vite pour
être obéissant.

Tout le monde rit de bon cœur de
son singulier équipement.

— 17 —
R.F.

2

Marguerite met de l'ordre dans
sa toilette, et Georges promet de
ne plus être distrait.

Pour commencer, il s'arrose le
visage en se servant d'un flacon
qu'il croit être de l'eau de Cologne.

Ainsi parfumé, il se rend près de
sa mère pour l'embrasser.

Sa maman lui fait voir qu'il
s'est trompé.

Georges, furieux contre
lui-même, se jette sur un fauteuil
en désespéré.

Le chat, qui dormait sur le
fauteuil, ne comprend pas cette
distraction.

Le chat se sauve en laissant à
Georges de cuisants remords.

Tout est bientôt réparé. L'on déjeune. Georges est empressé, et, croyant verser du vin dans le verre du cousin Joseph, il le lui verse sur son pantalon blanc.

Georges désolé de son inattention,
se précipite pour essuyer le pantalon du cousin Joseph, et prend
pour cela ce qu'il trouve sous sa
main.

— 26 —

CAZA

Sa mère s'aperçoit avec terreur
que, pour faire cette besogne, il a
justement mis la main sur son joli
chapeau neuf.

Georges, au désespoir de toutes
ces maladresses, saisit son livre
pour aller prendre sa leçon, mais il
se trompe de coiffure.

Le cousin Joseph, dont il a pris
le chapeau, court après lui, en se
couvrant de sa casquette, car il a
grand'peur de s'enrhumer.

Georges, qui court plus vite, a bientôt gagné du terrain. Il s'arréte pour voir des petits chiens qui se battent,

Pendant que le cousin Joseph
court aussi fort que son gros ventre
veut bien le lui permettre.

Georges, toujours distrait, ne voit pas les gestes désespérés de l'invalide préposé devant une maison en réparation pour écarter les passants.

Et il reçoit une belle tuile tout
au milieu du chapeau de son cousin
Joseph, qui arrête le coup.

Georges se recule avec tant de
force, qu'il traverse la devanture
de l'épicier.

Et tombe dans un tonneau de
mélasse première qualité.

On essaye en vain de l'arracher à
cette nouvelle distraction.

MELASSE

Heureusement survient le cousin
Joseph, qui profite de la circonstance
pour reprendre son chapeau et
restituer la casquette.

Marguerite arrive aussi en
courant.

On unit des efforts surhumains
pour extirper Georges du tonneau,
où, comme Diogène, il s'obstine à
se réfugier.

Comme on ne peut y réussir,
on prend le parti de l'emporter
ainsi à la maison.

La bonne Marguerite le suit, en essuyant les larmes de ses yeux et la sueur de son front.

Comme aussi le cousin Joseph,
heureux d'avoir reconquis son
chapeau.

Comme aussi l'épicier,
accompagné de sa petite note.

Il faut, pour l'arracher à cett e douloureuse situation, toute la tendresse d'un père,

Et tous les efforts combinés de
l'épicier, du cousin Joseph et de
la bonne Marguerite.

Le père, désolé d'avoir un fils
si distrait, paye la petite note de
l'épicier, et trouve la mélasse
hors de prix.

L'épicier, satisfait, rentre dans
ses lares et dans la propriété de
son tonneau.

Pendant six heures trente-cinq
minutes, il faut le frotter et récurer
pour enlever toute trace de son
expédition.

Enfin, la bonne Marguerite le couche, en lui recommandant de n'être plus distrait, ce que Georges promet de tout son cœur.

Tout à coup il se rappelle qu'il
n'a pas mis ses souliers à la porte
pour qu'on puisse les cirer, et,
comme il est distrait, croyant
ouvrir la porte, il ouvre la fenêtre.

Les souliers de Georges tombent
dans le vide, et rencontrent, avec
un ensemble remarquable, le nez
d'un sergent de ville.

Lequel agent de l'autorité déclare,
avec preuves à l'appui, que le nez
d'un sergent de ville n'est pas fait
pour recevoir aucune espéce de
souliers, et qu'il va verbaliser.

Désolé d'avoir un fils si distrait,
le père engage vivement l'agent
de l'autorité à bassiner fortement
son nez
chez le marchand de vin.

Georges, entendant du bruit, veut allumer sa bougie : mais comme il est fort distrait,

Il allume en même temps les
rideaux; alors il se met à courir
comme un fou;

Et ouvre une porte en criant :

Au feu !

de toutes ses forces.

Il ferme la porte sur lui, mais il
s'est trompé. Vlan ! le voilà dans
l'armoire.

Heureusement, un pompier qui était en visite à la cuisine accourt à toutes jambes.

Après avoir éteint le commen-
cement d'incendie, il se demande
comment il se fait qu'il y a quelqu'un
dans l'armoire.

N'y comprenant rien, il ouvre toujours l'armoire, et éteint Georges
qui crie comme un brûlé.

Le père, désolé d'avoir un fils si
distrait, exprime sa reconnaissance
au pompier, et l'invite à venir de
temps en temps prendre un bouillon
à la cuisine.

Georges, roussi, grillé, trempé,
passa quinze jours au lit à réfléchir
sur l'inconvénient des distractions.

Depuis ce temps, la bonne
Marguerite prétend que Georges
n'est plus distrait.

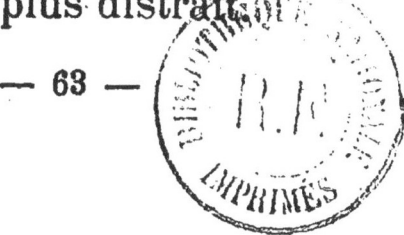

www.ingramcontent.com/pod-product-compliance
Lightning Source LLC
Chambersburg PA
CBHW060817180626
46818CB00002B/849